Au moment de l'**heure des histoires**, tandis que l'un regarde
les images et l'autre lit le texte, une relation s'enrichit,
une personnalité se construit, naturellement, durablement.

Pourquoi ? Parce que la lecture partagée est une expérience
irremplaçable, un vrai point de rencontre. Parce qu'elle développe
chez nos enfants la capacité à être attentif, à écouter, à regarder,
à s'exprimer. Elle élargit leur horizon et accroît leur chance
de devenir de bons lecteurs.

Quand ? Tous les jours, le soir, avant de s'endormir, mais aussi
à l'heure de la sieste, pendant les voyages, trajets, attentes...
La lecture partagée permet de retrouver calme et bonne humeur.

Où ? Là où l'on se sent bien, confortablement installé, écrans
éteints... Dans un espace affectif de confiance et en s'assurant,
bien sûr, que l'enfant voit parfaitement les illustrations.

Comment ? Avec enthousiasme, sans réticence à lire
« encore une fois » un livre favori, en suscitant l'attention
de l'enfant par le respect du rythme, des temps forts,
de l'intonation.

Pour Sandrine
A.

Pour Sylvie
®

Sous la direction de Colline Faure-Poirée
ISBN : 978-2-07-065950-0

N° d'édition : 290205
Loi n° 49-956 du 16 juillet 1949
sur les publications destinées à la jeunesse
Premier dépôt légal : mai 2014
Dépôt légal : avril 2015
Imprimé en France par I.M.E.

Arnaud Alméras • Robin

Moi, j'aime quand MAMAN...

GALLIMARD JEUNESSE GIBOULÉES

Moi, j'aime quand maman m'emmène à la librairie en sortant de chez le docteur qui m'a fait un vaccin et qu'elle me dit : « Tu as eu beaucoup de courage, et je vais t'offrir un petit livre pour te faire oublier tes malheurs ! »

Moi, j'aime quand maman nage dans la mer et que je m'accroche à son cou, couchée sur son dos, et les gouttes d'eau sur ma figure sont toutes salées.

Moi, j'aime quand maman a l'air toute surprise et qu'elle s'écrie : « Oh ! Mais quel est le petit lutin qui a si bien mis la table ? » Ça me fait rigoler, parce que le petit lutin, c'est moi.

Moi, j'aime quand maman arrose les fleurs sur le balcon ; j'ai le droit de l'aider avec le gros arrosoir et maman dit : « Bravo, monsieur, vous avez beaucoup arrosé vos pieds, ils vont très bien pousser ! »

Moi, j'aime quand maman me réveille avec un petit bisou, et me dit : « C'est le matin ! » Et je me rendors tout de suite, mais c'est pas grave parce que je sais qu'elle va revenir trois fois, avant que je me lève pour aller à l'école !

Moi, j'aime quand maman me raconte l'histoire de Marius qui a pêché, dans le port de Marseille, une sardine grosse comme une baleine et qui est devenu millionnaire, et elle invente plein de bêtises et moi, ça me fait rire.

Moi, j'aime quand maman propose qu'on aille pique-niquer au parc, les soirs où il fait trop chaud dans l'appartement.

Moi, j'aime quand maman m'écrit une lettre très longue, pendant les vacances et qu'elle fait aussi des dessins ; mamie et grand-père me la lisent et c'est un peu comme si j'étais avec maman.

Moi, j'aime quand maman va au cinéma avec ses copines, elle se fait belle pour sortir, et moi, je suis fier d'avoir une si belle maman et elle répète « Oh, je suis en retard ! » et elle redit à papa tout ce qu'il doit faire et papa rigole en disant : « Mais oui, on va très bien se débrouiller, et les enfants vont m'aider ! »

Moi, j'aime quand maman me prend sur le porte-bagages sur les petits chemins de Bretagne, elle est joyeuse et elle chante des chansons d'Alain Souchon...

Moi, j'aime quand maman fait un bisou à papa qui lui apporte le petit déjeuner au lit pour la fête des mères... Mais je suis quand même impatient qu'elle ouvre mon cadeau !

Moi, j'aime quand maman s'assied devant le piano pendant les vacances et que tous mes cousins sont autour d'elle et chantent plein de chansons avec elle, même si personne ne connaît trop les paroles.

Moi, j'aime quand maman sort la petite boîte d'aquarelle que sa grand-mère lui avait offerte il y a très longtemps ; on prend nos pinceaux et elle me dit : « N'hésite pas à mettre beaucoup d'eau… Voilà, comme ça, très bien ! »

Moi, j'aime quand maman fait une pizza et me donne un morceau de pâte pour que je me fabrique un petit pain tout rond qu'on fera cuire doucement au four.

Moi, j'aime quand maman me laisse jouer avec ses bijoux, je les étale sur le lit et on joue à la marchande et j'ai même le droit de mettre à mon doigt la bague qu'elle porte chaque jour, celle avec les deux petites pierres précieuses rouges en forme de gouttes.

Moi, j'aime quand maman m'emmène me promener dans la garrigue et me montre les endroits où elle jouait avec ses cousins, quand elle était petite, et qu'elle cueille une toute petite branche de thym et me dit : « J'adore cette odeur ! »

Moi, j'aime quand maman me fait un câlin lorsque j'ai une tristesse, elle me dit des mots très doux, que je suis son trésor, son ange, son cœur... et après ça va mieux !

Moi, j’aime quand maman me dit : « Mais si, tu vas y arriver ! » et que j’y arrive.

Moi, j'aime quand maman me fait un gros bisou le soir, qu'elle laisse la porte ouverte mais pas trop, et que je dis : « Comme ça, oui, encore un peu, s'il te plaît, encore un petit peu, et après c'est fini... »

Et voilà, c'est fini !

Des mêmes auteurs :

Brazéro. La dispute, 2008

Moi, j'aime quand papa, 2011

Du même illustrateur :

Les héros en vacances,
texte de Rémi Chaurand, 2007

Le grand secret,
texte de Vincent Cuvellier, 2007

Dans le monde, il y a...,
texte de Benoît Marchon, 2009

Le temps des Marguerite,
texte de Vincent Cuvellier, 2009

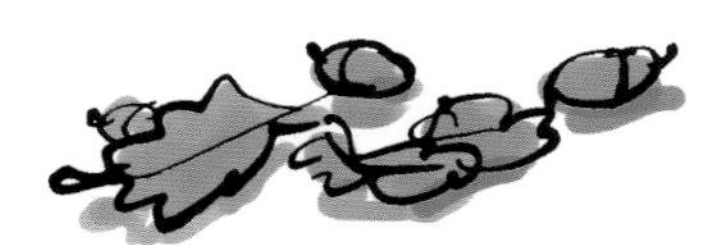

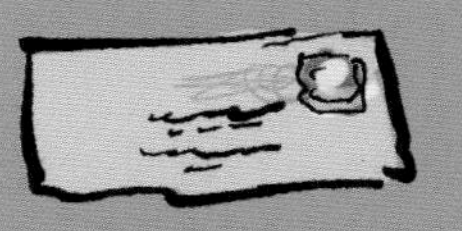

Dans la même collection

n° 1 *Le vilain gredin*
par Jeanne Willis
et Tony Ross

n° 3 *L'oiseau qui ne savait pas chanter*
par Satoshi Kitamura

n° 4 *La première fois que je suis née* par Vincent Cuvellier et Charles Dutertre

n° 5 *Je veux ma maman !*
par Tony Ross

n° 14 *Clown*
par Quentin Blake

n° 18 *L'énorme crocodile*
par Roald Dahl
et Quentin Blake

n° 19 *La belle lisse poire du prince de Motordu*
par Pef

n° 22 *Gruffalo*
par Julia Donaldson
et Axel Scheffler

n° 25 *Pierre Lapin*
par Beatrix Potter

n° 29 *Le chat botté*
par Charles Perrault
et Fred Marcellino

n° 31 *Le grand secret*
par Vincent Cuvellier
et ®obin

n° 32 *Pierre et le loup*
par Serge Prokofiev
et Erna Voigt

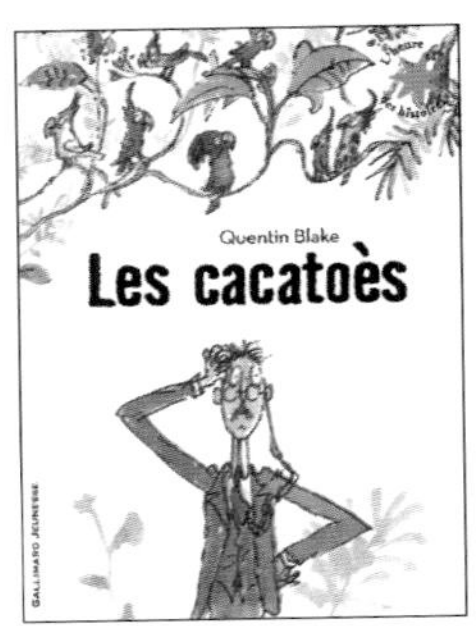

n° 40 *Les Cacatoès*
par Quentin Blake

n° 48 *Ma grand-mère Nonna*
par Mireille Vautier

n° 52 *Petit Gruffalo*
par Julia Donaldson
et Axel Scheffler

n° 54 *Brazéro – La dispute*
par Arnaud Alméras
et ®obin

n° 69 *La lune, la grenouille et le noir* par Monique et Claude Ponti

n° 71 *Selma la drôle de vache* par Barbara Nagelsmith et Tony Ross

n° 72 *Louise Titi* par Jean-Philippe Arrou-Vignod et Soledad Bravi

n° 73 *Le sac à disparaître* par Rosemary Wells

n° 75 *Les ours de Grand-Mère* par Gina Wilson et Paul Howard

n° 76 *Zébulon le dragon* par Julia Donaldson et Axel Scheffler

n° 77 *Drôle de crayon* par Allan Ahlberg et Bruce Ingman

n° 78 *Amos et Boris* par William Steig

n° 79 *Raiponce*
par Sarah Gibb

n° 80 *C'est un livre*
par Lane Smith

n° 81 *Ma chère grand-mère est une sorcière* par Tracey Corderoy et Joe Berger

n° 82 *Le livre de tous les bébés*
par Janet et Allan Ahlberg

n° 83 *La batterie de Théophile*
par Jean Claverie

n° 84 *Une toute petite, petite fille* par Raymond Rener et Jacqueline Duhême

n° 85 *Bienvenue Tigrou!*
par Charlotte Voake

n° 86 *Moi, j'aime quand papa...* par Arnaud Alméras et ®obin